시
선
너
머
의

믿
음

시선 너머의 믿음

발행일   2021년 6월 25일

지은이   박종학
펴낸이   고옥귀
펴낸곳   방촌문학사
출판등록   2015. 9. 16(제419-2015-000015호)
주소   강원도 원주시 소초면 교항공산길 21-10
전화번호   (033)732-2638
이메일   dhdpsm@hanmail.net

편집/디자인 (주)북랩
제작처   (주)북랩 www.book.co.kr

ISBN   979-11-89136-12-3 03810 (종이책)
        979-11-89136-13-0 05810 (전자책)

시선 너머의 믿음

박종학 시집

방촌문학사

작가의 말

첫 시집 『또 다른 시선으로』가 출간된 지 벌써 4년여의 시간이 흘렀습니다. 그동안 몸과 마음에 적지 않은 흔적이 흘러 들어와 2집 발간을 망설였는데 그래도 SNS상에서 본 적도 없는 독자들이 생기고, 응원의 목소리로 힘을 실어주어 있는 그대로 독자들에게 내놓기로 했습니다. 글에 비해 행운과 행복이 많은 시인임을 고백합니다.

사랑받는 시인으로 탈바꿈되어 가는 원천이 되기를 희망하면서 그동안 틈틈이 써 놓은 글로 2집을 엮어 세상 밖으로 내어 봅니다.

흔쾌히 부족한 글에 비해 너무나 빛나게 발문을 써 준 임솔내 회장님께 다시 한번 감사를 드리며 1집에 이어 좋은 작품으로 2집을 탄생시켜 준 북랩 출판사에게 고맙다는 인사를 드립니다.

2021년 6월

박종학

목차

시
선
너
머
의

믿
음

──

○

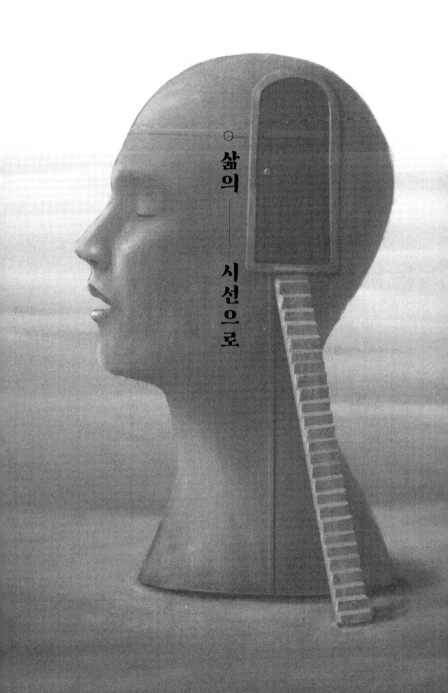

○ 삶의 ──── 시선으로

시골 역

눈 쌓인 간이역
소리 없는 이별이 있고
눈물 젖은 손수건이 얼고 있다

보내는 아픔도
떠나는 아쉬움도
기차 뒤 늙은 역장의 처연함

화단의 예쁜 눈송이들
오늘도 철없이 웃고 있다
다 지난 그리움이다

알바

언제 올지 모를 손님을 위하여
쇼윈도를 닦고 닦는다

장사가 안되는 게 내 탓인 양
사장이 있을 때는 더욱 창을 닦는다

투명한 햇살과 함께
손님이 들어선다

표정이 화사해진 사장 얼굴
내 얼굴 긴장도 풀어진다

농부

작년에 효자 노릇을 했던 옥수수를
올해도 덕을 보고자 심는다

바쁘다는 핑계로 나 몰라라 했더니
맛도 크기도 도망가버렸다

농부의 발자국 소리로 자란다는
진리를 무시한 무지한 소산이다

가을의 노래

바빠진 청소원들의
흐르는 땀방울 속에
계절의 흐름을 알려줍니다

낙엽이 떨어지며 노래하고
차가운 빗방울이
세월의 모퉁이를 돌고 있습니다

어찌할 수 없는 삶이기에
종이 줍는 할머니의 손놀림이
더욱 빨라집니다

추워지면
허리 굽는 곡소리가
안타까울 뿐입니다

인연

사람 관계는
더도 말고 덜도 말고
적당한 거리를 유지하란다

말은 쉽지만
참으로 어려운 일이다
삶과 연결된 인연이다

위기가 기회

인산 녹용과 보약으로
몸을 보호하려 해도

그 영양분을 온전히 흡수하지
못한다는 진맥 소식

앞만 보고 달려온
참혹한 결과다

내가 나 자신을
뒤돌아볼 수 있어 다행이다

둥지를 만들다

수천 번의 날갯짓으로
둥지를 만드는 까치

과정은 희망이고 꿈이다
그 순간만은 신성스럽다

사람도 욕심에 초연하고
본능에 충실하려

오늘도 삶을 흉내 내지만
쉽지 않은 꿈이다

새로운 나를 꿈꾼다

허공 속으로 날아가
나를 받아들이기 힘든 날

성격과 목적
모두 바꾸고 싶다

비록 허망한 목표지만
살다 보니 헛된 꿈을 꾼다

그 희망이 나를 채찍질한다
세월 속에 흐르는 작은 미소

양귀비

눈멀고
귀가 안 들려
향기에 취한 꽃

세월이 지나도
잔상에 홀려
아름다움을 뽐낸다

고마운 시간과
행복했던 인연이지만
위험을 내포한 꽃이다

행복한 삶

들숨과
날숨이

아름다운
화음을 만든다면

당신과 나의
불협화음도

행복한 삶이
되지 않을까

퇴원

얽인 정만큼
사연들이 쌓인 종합병원

음식이 보통이 있고
특特이 있듯이

병원에서도 특진이 존재하고
금수저가 존재함을 뒤늦게 본다

일주일을 입원하든, 한 달을 입원하든
보호자와 함께하는 퇴원은

동전의 양면이다
다 돈이다….

갑질

무너운 날
땀 흘리는 머슴도 마님도
똑같이 호흡이 무겁다

세상에 공평한 것이
얼마나 될까
자존심도 자귀감도 없는 세상

갑질도 없는 세상
자연 앞에서는
공평한 신분이다

깨닫지 못하는
어리석은 인간세상
미미한 존재다

삶과 죽음

엄연히 다르건만
삶과 죽음이 하나라니

어찌 그리
어려운 답을 내리셨을까

막막하다
망자의 답은 없지만

살아 있는 자의
답들이 무성하다

삶과 죽음 사이의
처절한 아픔

모두를 슬프게 하는
봉화마을이여….

힘들었던 시절

어찌할 수 없는 신념
삶 속에 울리는 공허한 메아리

어렵고 힘들었던 세월과
눈물 속에 찾아온 I.M.F

미소를 잃어버린
우울한 시절을 보내고

짙은 안갯속에
강한 소나기를 헤쳐나간다

희망의 언덕에서
세월의 무지개를 만난다

또 다른 삶

빠져나가기 직전의 어둠
마지막 氣를 받고 싶다

아침을 여는 밝음에
새로운 희망을 본다

나태해진 나에 대한 질책
또 다른 삶을 꿈꾼다

그러지 못하는
안타까운 여명黎明

세월만
죽이고 있다…:

슬픈 중년

이별이 앞선 만남
그 속으로 들어가 빠져
나오지 못했던 나무

세월의 나이테를 세다가
꼼짝없이 그 속에 갇혀버린다
꿈을 잃은 중년이다

가을

소산한 바람이
가을밤을 불러오고

황량한 달빛이
쓸쓸한 분위기를 만든다

울음의 골짜기로
외로움을 밀어 넣고

험한 세상이
허전한 길을 만든다

쓸쓸한 낙엽을 닮아 가는
가을은 고독이다

희망이 보인다

매서운 추위 속
눈보라가 휘날리고

몸과 마음이 지쳐
눈물도 마르고

없는 자의 슬픔과
어두운 단면 속의 삶

참고 버티다 보니
생활 속에 스며드는 반가움

따스하게 찾아오는
행복과 자신감이 보인다

세월의 선물
따스한 빛이다

인생

개천에서의 용은
죽은 지 오래지만

노력하고 애를 써봐도
안갯속을 헤매고 땀만 흘린다

타고나는 금수저도
축복인가

행복도 불행도
모두 나의 人生이다

사는 삶이
물질의 노예가 될 수는 없다고

실패와 성공의 존재
다 이유가 있는 것을

살 만한 세상

힘이 들어 눈물 흘리는
고달픈 삶

생활 자체가 고통이고
피곤의 연속

이제는 지친 영혼을
위로하고 내 몸을 더욱 사랑하자

인생은 끝나지 않았고
아직은 살 만한 세상이다

시선 너머의 믿음

신앙의

시선으로

이제 주님만

주님을 잃어버린 영혼이
고통의 무게에 쓰러져 울 때

지친 나에게 일어나라 하시는
부드러운 주님의 음성

세상의 멸시와 조롱 속에서도
예수 나의 참 소망 되시니

깨어지고 무너진 마음이
이제 주님만 바라봅니다

회개의 기도

후회하고
용서를 바라고

십자가의 무게가
짓누르는 삶

신앙으로
쌓여 가는 아픔

생활이 저지른 죄를
눈물의 기도로 구합니다

초미세먼지

가로등 주위에
뿌연 회색 공간들

맑고 상쾌한
새벽 공기는 사라지고

새벽부터 마스크를 써야 하는
볼썽사나운 모습이 낯설어

도망친 샛별은
흔적도 없고

이것은 안개다
새벽안개다

스스로 위로해보지만
아픔으로 다가온다

고난주간 첫 새벽기도
미세먼지가 위협한다

주여

어찌하여 축복받은 이 시간이
이 지경까지 왔는지요

침묵으로 일관하시다가
재난 문자로 말씀하신다

사람이 만든
지옥이다

슬픈 기도

막걸리로 허기를 달래는
서울역 노숙자를 위한 기도

아픈 할머니와 같이 사는
초등학교 계집아이를 위한 기도

산불로 낙심하여 울고 있는
강원도 주민을 위한 기도

그 기도를 하는 손길이
오늘따라 더욱 아름답다

십자가 앞에서 염원하는
응답받고 싶은 슬픈 기도

위로와 평안

몸과 마음이
지치고 힘들 때

고통과 어둠이
살며시 밀려옵니다

눈물과 한숨이
아픔으로 다가올 때

응답하신 주님을
간절히 의지합니다

한 줄기 빛이 보이고
위로와 평안이 다가옵니다

돌아가는 십자가

작은 동네지만
십자가의 불빛이 많다

교회 교단은 달라도 십자가는
마음속으로 평안함을 준다

매일 죄를 짓는 나에게
면죄부로 다가오는 십자가

존재감만으로
나를 구원하는 안식처

기도할 수 있는 힘만 있어도
축복이라는 믿음을 본다

겨자씨

견딜 수 있는 만큼
주시는 시련이
나를 위로합니다

고통과 아픔 속에서
주시는 사랑을
더욱 의지합니다

절박한 믿음으로
눈물로 간구하고
주님께 용서를 빕니다

좌절과 고통 속에서
역사하시는 주님의 축복
겨자씨의 믿음이 자랍니다

또 다른 내가 되고자

받는 사랑보다
주는 사랑이 크다는
평범한 진리 속에
내가 나를 용서하고자 합니다

오늘도 죄를
뉘우치며 눈물을 흘립니다
십자가의 도를 바라보며
용서를 구합니다

진정으로 나를 이해하고
반성하고 또 고뇌해 봅니다
마음이 슬픈 날
또 다른 나를 만나 봅니다

어둠 속 주님

외롭고 쓸쓸한 어둠
깊은 골짜기 눈물 속으로
주님이 찾아오셨네

혼미한 가운데도
정신줄 놓지 않게
내 이름 불러주시네

어두운 중환자실
찾아오신 주님으로
심령이 눈을 뜹니다

어린양

인간의 모든 죄를 대신해서
목숨으로 구원하신 어린양

무한한 희생으로
온 세상을 용서합니다

사랑하고 그를 의지하며
십자가의 삶을 찬양합니다

잠자리 기도

잠자기 전
오늘을 고백합니다

잘못과 뉘우침으로
공백은 채워지고

반성하는 나에게
감사함으로 다가오는

눈물이 되어버린
주님의 응답

힘들어도

몸과 마음이 아프고 힘들어도
물질이 부족해 어려워도

예수님 흘린 피 생각하며
이 고통 참고 견디렵니다

세상사 고난의 연속이라도
눈물과 후회의 아픔이 찾아와도

주님이 약속한 천국을 바라보며
오늘도 주님을 의지합니다

은총

눈보라가 휘몰아치며
온 세상이 얼어붙고
내 마음도 상처받아 캄캄한 날

한 줄기 빛으로 다가와
치료해주고 위로해주시는
주님을 만납니다

내 영혼이 의지하고
쉴 수 있는 십자가로 인한
축복임을 알게 하소서

십자가 사랑

수시로 약해지는 마음보다
바위처럼 굳건한 믿음이
주님의 사랑입니다

죄악을 질책하는 현실에
말 없는 십자가의 사랑
절실한 기도로 용서를 구합니다

눈물 속 회개의 기도로
죄 사함을 받고서야
십자가의 은혜가 다가옵니다

슬픈 내면

집안에서 큰 소리를 내고
주일에 십자가 아래에서
설교하시는 목사님

남편 때문에 눈물 흘리고
교회 입구에서 웃는 얼굴로 교인들을
안내하는 권사님

어쩔 수 없이 가면을 쓰고
세상을 거니는
슬픈 내면의 자화상을 본다

신앙과 생활 속에서 반복되는 갈등
현실에서 살아남고자 하는
처절한 믿음인지도

주여
회개하옵나니
용서하여 주옵소서

작은 믿음

겨자씨의 믿음 가지고
주님만 바라봅니다

출렁이는 물결의 믿음이지만
교회를 의지합니다

내세울 거 없는 믿음이지만
십자가를 사랑합니다

믿음 속에 달려가는
나약함을 사랑해주소서

여린 신앙

힘든 생활 속에 찾아오는
육신의 고통과 아픔
위로와 평안을 찾고자
십자가를 바라봅니다

주님이 원하는 삶은 아니더라도
말씀 안에서 살아야 하는데
어쩔 수 없이 세상일이
우선이 되었다고 항변해보지만

마음 편히 하는 믿음 생활도
교회 안에서는 불편한 진실
마음속에 안주하는
여린 신앙만 아파옵니다

지치고 힘들 때

몸과 마음이 아프고 힘들어
고통과 혼란이 밀려올 때

눈물 속에 살며시 찾아오는
위로의 십자가가 보입니다

한 줄기 빛이 보이고
감사와 평안이 다가와

지친 영혼을 구원하시는
신앙의 축복입니다

입관 예배

요단강을 건너고 있을
매주 만나던 교인 친구

신앙과 현실 속에서의 갈등
잠시 서먹서먹했던 관계

즐거웠던 교회 행사로
행복했던 추억

고난을 축복으로
바꾼 진실한 신앙생활

그대가 선택한 믿음의 길
나도 걸어가겠네

입관 예배에서
친구에게 전하는 마지막 인사

마음이 약해질 때

내 영혼이 지쳐서
고통 속에서 방향을 잃고

육신의 질병으로
몸과 마음이 약해져 갈 때

죄인임을 고백하고
회개의 눈물을 흘립니다

희미한 빛으로
찾아오신 주님

용서의 미소로
부드럽게 안아줍니다

○
세월의 ——

—— 시선으로

슬픈 침묵

무슨 말이
필요할까

눈빛으로 오가는
많은 감정들

그게 무엇
중요할까마는

오해로 생긴 침묵도
항변이다

외로움

소산한 바람이
서늘한 가을밤을 불러오고

고요한 달빛이
쓸쓸한 분위기를 만들고

울음의 골짜기로
외로움을 밀어 넣는다

삶이 고독한
낙엽을 닮아 간다

험한 세상이
고독을 만드는 까닭이다

태풍

내 잘못만은 아니라고
어찌할 수 없었다고 변명해 보지만
공허한 메아리만 울린다

거래처에서 배신당하고
친구들에게 무시당하고
직원들에게 소외당한다

어렵고 힘들고
방황하고
많은 눈물 속에 찾아온 I.M.F

세월이 주는 치료약 처방에
식구들이 주는 용기의 미소 덕에
그렇게 힘든 시절이 지나갔다

정답 없는 질문

엉성窓上 속 음력 정월
겨울일까
봄일까

환갑 지난 내 나이
중년일까
노년일까

별도 말을 못 하고
달도 귀 기울이지 않는다
세월의 수레바퀴만 달릴 뿐

질문이 있었고
답이 속에 있다
눈치채지 못할 뿐

하모니카 인생

기쁨과 슬픔으로
사연을 노래한다

들숨과 날숨을
가까이한 세월

그 속에 숨어 있는
사랑과 아픔

소중한 인연을
선율이 불러낸다

오일장

아버지 정을
붙잡는 날
읍내 오일장

기다리던 소고기국밥으로
배가 호강했던 추억
쥐어준 용돈으로 장터를 누빈다

원숭이 묘기를 보기 위해
맨 앞쪽 약장수 앞에 쪼그려 앉은
어릴 적 모습이 가끔은 그립다

눈과 귀와 입까지 행복했던
오일장의 추억
따라다니는 그리움이다

어느 봄날

좋아하는 음악을 들어도
왠지 허전하고

개천가 이팝나무를 봐도
아무 흥도 나지 않고

개천에서 떼 지어 노는
잉어도 관심이 없고

나 오늘 왜 이러지?

남자가 봄 탄다는 말은
못 들어봤는데

내가 나를 이상하게
바라보는 어느 봄날

이별의 시간

건강할 때는 외면했던
소중한 인연과 추억
희미한 기억으로 붙든다

세월 따라 육신이 지쳐가고
병마가 찾아오니
초침 소리도 커진다

향기도 연해지고
점차 시드는 꽃이지만
탐스러울 때도 있었다

지난 세월

한창 꽃필 적에 꿀벌이
찾지 않는 꽃밭이 있던가

자연스러운 향기
화려한 자태로 뽐내지만

계절 속 짙은 꽃향기는
서서히 천지에 흩어지고

남은 세월이 지나온
세월보다 적음을 눈치챌 때

사랑은 절박함으로 다가온다
지난 추억도 때로는 향기롭다

성격 좋은 사람

몸과 마음이 아파도
언제나 한 발짝 비켜선다

양보하고
돌아서서 눈물을 흘린다

울어도 웃고 있는 듯 보이고
화가 나도 미소를 짓는다

삶을 달관한 사람도 아니면서
모든 것을 용서하는 사람

누군가 바보라고 부르는 사람
성격 좋은 사람이라네

험한 세상을 살아가기 위한
최선의 선택인지도

나와의 싸움

간혹 유령이 되고 싶을 때도 있고
나를 절실히 찾을 때도 있다

본능이 나를 유혹할 때도 있고
욕망이 나를 이길 때도 있다

웃고 있는 나를 보고
울고 있는 내 모습을 본다

마음먹기 달린 일
쉽고도 어려운 일이다

눈물의 빵

어릴 때 놀던 다리 밑 교각에
붉은 페인트로 써 놓은 글

"눈물의 빵을 먹어보지 않은 사람은
인생을 논하지 말라"

천막을 치고 살던 넝마주이 상이용사의
왼쪽 갈고리 손의 위협에
번번이 아이들은 도망가고

IMF를 직접 겪은 박 사장은
피부로 그 글을 써 내려간다
인생의 쓴맛을 알고 있다고

겨울밤

누워만 있어도 살아만 있으라고
기도하고 염원했건만

박복한 년으로 만들고
먼저 저세상으로 떠난 신랑

긴긴날 겨울밤
함박눈이 내리면

몰래 찾아와 외로움을
달래줄 영혼이 그립다

흔들리는 세월

부딪히는 인연에
감정은 상처 입고

단단한 사랑도
서서히 틈이 생긴다

삶 자체가
흔들리는 세월

영원한 시계는
초침도 녹아 없어지고

잊지 못할 그리움은 없다고
바람이 가슴에 못을 박는다

진심

내릴 때
내려야 하고

놓아야 할 때
놓아야 하는데

망설이면서
때를 놓친다

결단이 필요할 때
허약해지는 마음

어쩔 수 없는
세월이 주는 훈장이다

잊어버린 계절

세던 나이도
어느새 순서를 잃어버리고

내가 어느 계절에
있음도 잊어버린다

내가 나를 찾아가는
여정 속에

생활도 자기 순서를
잃어버리는 혼란

여름 같은 봄
겨울 같은 가을

살아가는 데 꼭 계절의
순서를 안다는 것

어찌 보면 아무
의미도 없는 삶이 아닐까

산다는 의미

나이 들어갈수록
욕심을 버려야 한다는데

세월의 경륜 속에
아집만 늘어난다

바쁠수록
힘들어지는 생활

내가 의식하고 달려가는
喜怒哀樂 인생길

세월에 의미를 부여하는
후회가 적은 삶을 살고 싶다

시련

꽃샘바람이 매서울수록
참고 견딘다

현재의 삶이 피곤해도
내일의 희망을 본다

거센 비바람은
훌륭한 항해자를 만든다고 한다

내일의 행복을 위해
참고 또 참아본다

시련도
성공을 위한 수순이다

주변이 늙었다

나이가 들면 배운 교수나
못 배운 村老나 똑같다는 지식

세상의 풍파만큼
삶에 필요한 경험과 공부는 없다

밥 세 끼 먹고 체력을 지키는 데는
잘난 놈이나 못난 놈이나 다 똑같다

환갑을 넘어가니
건강이 최고인 듯

나도 나이가 들고
너도 늙었다

보름달

일상 속 공존하는
행복과 불행

명절이 반가운 사람과
반갑지 않은 그저 그런 사람들

모두의 마음속
발원이 모여 빛을 발한다

간절한 소원과
절실한 염원이 보름달에게 간다

사랑스러운
보름달이다

시
선
너
머
의
믿
음

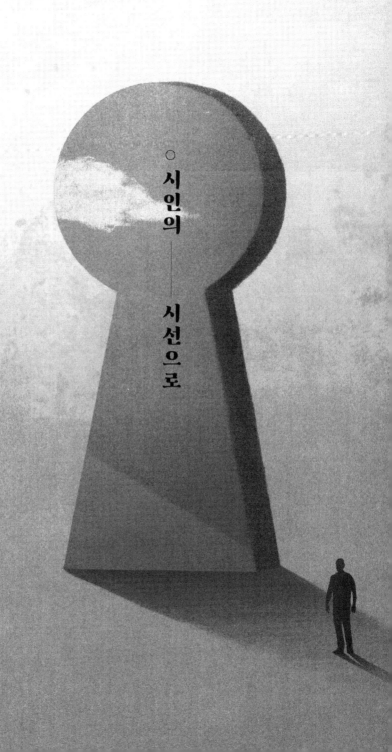

○ 시인의 ──── 시선으로

꿈

가위질이 반복될수록
아름다워지는 꽃꽂이

다듬고 다듬는 사이
태어나는 나만의 시어

수많은 번뇌와 수고가
가져다주는 나만의 대변인이다

운명

산을 오르면
내려가야 하는 이치

우산을 썼어도 소나기는
어쩔 수 없이 맞을 수밖에 없는 몸

힘든 운명은
슬픈 이별을 통보한다

겨울 노래

밤새 내리는 폭설에
낮은 노래를 부르는 눈물

지하도에서 이 겨울밤을
지새우는 노숙자의 막걸리 병

얇은 이불보다 할머니 품이 따뜻한 일곱 살
피눈물을 흘리는 아이 엄마의 심장

슬픈 노래로 밤을 지새우는 사연들
시인의 겨울밤은 소리 없이 흐느낀다

화를 내다

화를 삭여 밤송이가
스스로 벌어지지만

열 받으면 후두두둑
죄 없는 땅을 때린다

밤가시도 동조하여
스스로 밤톨을 내뱉는다

변하는 시인

한 줄 쓰기가
쉽지 않다

개인 시집을 출판한
무늬만 시인이다

시인의 의무와 책임감을
전해 듣고는 눈을 감았다

노력하는 모습도
시어를 붙잡고 있는 시간이 늘었다

당장 시어가 변할 리 없겠지만
발전하는 모습이 장하다

자연인

인연을 버리고
주어진 환경에 맞추어
마음을 비운다

계곡물도 반갑고
약초도 지천이다
詩人이 꿈꾸는 고향

나이를 먹는다는 것은
자연을 받아들이는 용서
욕망도 탐욕도 내려놓는다

겨울 경로당

치매를 예방한다 해서
10원짜리 민화투를 치는 경로당

처음에는 자식들 자랑질
중간에는 용돈 자랑 건강 자랑

결국에는 오늘도 고성이 오간다
화투판을 뒤집는 김 할머니

싸움으로 경로당을 나오지만
내일 또 화투판은 벌어진다

가을 우체국

우체부로 받아보는
지인의 손편지

선물 그 이상의
기쁨과 감동을 준다

젊었을 때의
열정과 사랑

시곗바늘 속에 묻힌
답답한 세월 속에

아쉬움을 달래주는
마지막 안식처다

인터넷 시인

자판을 두드린다
시절이 바뀌고
풍속이 변했다

어쩔 수 없이
흐르는 시류에 맡겨
같이 떠나지만

예나 지금이나
감동을 주는 詩가 있고
詩人이 있다

詩를 쓸 때 목숨을 건다는
詩人이 있다
그도 인터넷 시인이다

불변하는 게 있다
감동은 不變하고
독자는 眞率하다

술 마시는 이유

꼭 시인이 아니더라도
보름달은 살갑게 다가온다

달과 술을
좋아하는 사람들이

이태백으로
환생하는 순간이다

참으로 밝은 달은
술을 부른다

성숙

껍데기를 깨고 나온 후에야
내 새끼가 아님을 알았어도

어미 새는 부지런히 먹이를 넘겨준다
믿었던 마음에서 배신을 당해

피눈물을 흘리는
사람에게 위로를 전해본다

절망의 터널을 빠져나와야
밝은 세상이 있듯이

시인이 한 단계 껍질을
깨는 순간이다

시어 1

詩 한 편으로
절망을 구하고

사랑을 갈구하고
슬픔을 위로하고

아름다운 노래로
탄생되기를 기도하며

헛된 꿈을 꾼다

詩心

아무리 마셔도
채울 수 없는 詩心

노력한다고 다가오지도 않을
막막한 형체

타고난 잔재주로 버티기에는
오늘도 안갯속을 헤맨다

한계에 부딪힌
허약한 실체

시인이라는
허명이 버겁다

시인의 옷

윤슬이 바삐 움직인다
저녁놀과 이별하는 시냇물을 다독거리며

데이지 꽃과 대화를 시작하고
여우별의 사연에 귀 기울인다

어두움을 밝히는
촛불이 아파하는 순간

시간과 공간을 불태워가며
위태위태 자귀를 따라간다

시인의 옷을 오래 입다 보니
시나브로 진실의 실루엣이 보인다

시인은 타고난다지만
만들어지기도 한다

천덕 꾸러기

생활 속에 녹아 있는 詩語
그 속에서 나만의 詩語를 찾고자

힘들게 달려보지만
만나기가 쉽지 않은 일이다

어울리며 살아야 하는
만만치 않은 세상사

한 교실에 공부 잘하는 학생과
낙제하는 천덕꾸러기가 있다

자신의 능력을 알고
편하게 웃는 천덕꾸러기 아이에게

오늘도 친구들이
다정하게 모여든다

삶 속에 존재하는 향기를 찾고자
오늘도 눈을 감지만

능력이 미치지 않은
슬픈 현실에

스스로 만족해하는
천덕꾸러기를 닮고 싶다

시인이란 이름으로

시인이라는 타이틀을 얻고부터
따스한 봄날 인사동 모임에서
선생님이라는 호칭을 들었다

그때부터 하나씩 달고 다니는
무거운 추 하나
나만의 시어를 만나는 여정

이제는 걸음걸이 하나도
힘이 들 때가 있다
무늬만 시인에서 탈퇴하고 싶다

뼛속까지 시인이 되고 싶다
그만큼 힘이 드는 호칭이다
겁 없이 시집을 낸 후유증이다

가을에 우는 여인

폭염 속 열대야에
거친 세월 견디고
아프고 미친듯이 슬퍼 봐야
詩를 쓸 수 있다고
힘들게 걸어온 가을은
침묵으로 말을 합니다

진한 향기 맡을 때마다
화려한 장미가 보이고
서서히 스며든 가시에
눈이 멀고 마음으로 울고 갑니다
눈물이 詩가 된다는
가을 여인의 절규

진실

햇빛과 그림자가
서로의 실체를 주장하지만

삶의 눈물이 부족해
원망과 오해로 세상을 바라본다

하늘과 땅이 서로 존중하고
양면으로 존재하듯이

아픔으로 바라보는 게
다 진실이 아니다

사랑의 의미

동반 자살 소식을
전해 주던 안타까운 연인들

요즘에는 아픈 소식을
어디에서도 접하지 못한다

죽도록 사랑하는 사이가
없다는 이야기인가

연애 따로
결혼 따로라는 세상

슬픈 인연 이야기가
들리지 않는 세상

이기적이고
관대해진 현실

사랑은 행복이다
변하지 않는 삶의 의미다

힘든 삶

현실에서의
진솔한 세상

콩깍지가 떨어져야
보이는 그리움

어울리며 사는 일상
바른 판단의 아픔

세월이 주는 추억
힘들었던 삶의 흔적이다

인연의 —

— 시선으로

어떤 인연

행복을 탄생시키는
씨앗이 되고자

하늘에 공을 들이고
땅에 염원을 쏟았건만

눈물 방울방울만
어항 속 공기처럼 올라온다

나로 인한 슬픈 인연이
후회의 다리를 건너는 순간이다

떠나는 가을

화장이 지워진
민낯이 부끄러워

서둘러 겨울을
부르러 가는 단풍

나의 마음을
흔들어 놓고

가을은 소리 없이
물러가고 있다

떨어지는 낙엽에게
모든 책임을 씌우고

황급히 하얀 눈을
맞이하러 간다

좋은 사람

내게 잘해주는 사람
좋은 사람이다

나를 사랑하면
나도 사랑해줘야 한다는 모순

때론 세상 이치에 어긋나는
현실이 존재한다

좋은 사람이
다 내 편은 아니다

첫눈

퇴근길 함박눈
뜨거운 핸드폰

기다리던
첫눈이다

들뜬 목소리에
반가운 정도 함께 묻어온다

늦가을을 고집하던
나 자신에게 미안했다

포근한 눈이
뜨거운 겨울 편지를 전한다

들킨 인연

우연히 스친 옛 인연
한 번 더 뒤돌아본다는 건
행복했었던 미련이 남아 있음인가

사라질 때까지 훔쳐봄은
아직도 그리움이라는
정을 못 끊었음일까?

바라보는 시선도 없건만
얼굴을 살짝 붉힘은
감추고 싶은 내 마음에

살짝 속내를 들킨 것 같아
스스로 민망하다
그리운 추억이다

삶의 동반자

외로워지는
중년을 보내면서

들숨 날숨의 음률에
반해 버린 하모니카

영혼의 소리로
기쁨은 함께 나누고

슬픔과 외로움으로
살며시 다가온 친구

"여자의 일생" 선율에 눈물 흘리는
요양원 할머니의 얼굴 속에

그리움과 원망을
훔쳐봅니다

비밀

고이 접은 정성을
떨리는 손끝으로
집어넣던 까까머리 중학생

후회하고 후회하다
우체부가 편지를 꺼내 갈 때
도로 찾아 달음박질치던 순수함

첫사랑은 수줍음 끝에 찾아와
결국 이루어질 수 없는
소중한 추억으로 끝났다

빨간 우체통이
함박눈이 내리는 밤새
내 연서를 읽어보지 않았을까

"별이 빛나는 밤" 음악 프로에
익명으로 고백 엽서를 수없이
보내고 스스로 만족했던

얼굴 붉히던 아련함
이제는 어디로 가버린지도
모르는 애틋한 순수함

아버지

밤늦게 들어오신 아버지
혼자 얼마나 외로웠을까

아버지의 슬픔이
어느 틈에 내게 다가온다

그 아픔을 받지 않기 위해
노력하고 감추고 인내한다

미리 보여준 신 당신의 상처
되새김질을 하는 내 삶을 본다

숨어서 흘린 아버지의 눈물
아들을 위해 내가 흘린다

좋은 사람

세상 이치가
나로부터 돌아간다

내게 잘해주는 사람은
좋은 사람이다

나를 사랑하면
그도 사랑해야 한다는 모순

때론 세상 이치에 어긋나는
현실이 존재한다

좋은 사람은
그래도 내 편이다

입술을 깨물다

고래도 춤추게 한다는데
칭찬에 인색한 내 입술

돈 들어가는 것도 아닌데
굳게 닫힌 내 마음

고마운 웃음이
생활을 풍족하게 할 수 있었는데

행복의 파랑새는
내 주변만 맴돌았다

낙엽의 사랑

오늘도 바람의 일기장에
빈틈없이 적혀 있는
낙엽의 마음

바람이 불 때마다 미세하게
떨림으로 고백하던 것을
눈치채지 못한 아쉬움

사랑을 갈구하던 낙엽
떨어지는 모습도 아름답다
책갈피에 고이 모신 인연

동해안 파도

파도의 열정에
박수를 보내는
갈매기의 합창 소리

오늘도 웅장한 지휘에
시간과 공간을 빼앗고 감동을 주는
동해안 하얀 오케스트라의 연주

가슴으로 스며드는 환희
더 이상 모래시계는 떨어지지 않고
석양은 서운한 발길을 돌린다

자식 농사

강한 자가 이기는 게 아니라
이기는 자가 강한 거라고 하는
현실에서의 믿음

돈이 많고 자식이
사회적으로 성공한 것이
부럽고 행복한 게 아니라

귀여운 손주 데리고 와서
맛난 음식 사주고
용돈을 쥐어주며 선물을 주는

즐거운 시간 보내게 해 준
아들 며느리가 있기에
행복한 어버이날이다

가을엽서

가을바람이 전달해준
당신의 향기가 묻은 연서

아름다운 추억도
곱게 물든 낙엽이 되어

소슬한 보슬비를 맞으며
그리움을 배달합니다

뒤늦은 인연

그리움으로 다가온
설레는 마음

겁이 났고 시간이 필요했던
뒤늦은 인연

현실과 미래의 갈등 속에
찾아온 또 다른 행복

배려가 앞서고
이해의 뒷받침은 멀어지고

조심하고 신중하다
기차는 떠나버린다

그리움을 닦으며

추억을 매일 닦으면
보고픈 얼굴이 찾아올까

소원을 이루고자
오늘도 그리움을 매만진다

투명한 미소와 함께
행복한 인연이 다가온다

스승

앞 못 보는 아버지를 인도하는
초등학생의 밝은 표정은

순간적으로 나를 감전시키고
많은 생각을 교차시킨다

아이에게 감사하고
나 자신에게 죄스럽다

현 삶이 힘들다 해도
밝은 세상이 꿈만은 아니다

도화살

유혹에 쉽게 넘어가는
당신의 여린 마음에

입술을 꽉 다문
슬픈 연인

꽃밭에서
나비를 희롱한다는 도화살

나이 들면 약해진다고 하던데
어찌 당신 탓인가

불꽃을 향해 날아오는
불나방 탓이지

바람의 연서

애틋한 마음이
애꿎은 하늘만 바라보다
시간만 흐른다

마음도 숨기고
감추다 바람에게 들킨다
바람이 대신 연서를 돌린다

혼자 하는 짝사랑도
그리움이다
잘잘못을 가릴 일이 아니다

하얀 이별

그리움이 허공을 헤매고
외로움도 눈물 흘리던 날

밤새 내리던 보슬비는
입술을 깨무는데

어느새 하얗게
새벽안개는 피어오르고

운명이라는 굴레를
어렵게 벗어던지고

끊어진 인연은
허겁지겁 도망친다

사랑의 ──── 시선으로

유방암

두려움일까
안타까움일까

예정된 세 시간을
훌쩍 넘어 막막한 대해를 달려간다

끝없는 절망감
내 죄 때문이다

주영신 님 수술
진행 중입니다

주영신 님 수술
진행 중입니다

[신촌 암병원] 주영신 님 회복 중
(17:14~)입니다

두 개잖아요
간호사의 말이 비수로 꽂힌다

장장 여섯 시간을 넘겨
회복실에 들어간다

수술 담당 교수가 미소를 짓는다
수술은 성공입니다

살을 도려내는
아픔보다도

자존심이 만들어낸 눈물
내 삶의 사랑이다

후회

자존심이 문제였다
더욱 멀어지는 그리움

어쩔 수 없는 세월의 소산
후회하기 전에 달려가야 하는데

각자의 길이 달라
방향이 다른 철길이다

사랑했던 사람

우연이든
필연이든

길 가다 한 번쯤은
만나고 싶은 인연이다

소중하고
사랑했던 사람이다

사랑 싸움

보고 싶은 사랑도
사소한 오해가 끼어든다

등을 돌려도 마음의 등을
돌린 것은 아닌데

참 어려운 게
사랑이란 이름이다

좋아하면
가끔은 싸운다

행복의 조건

세상일이 다 마음먹기 달렸다는데
맞춤형 행복이 존재할까?

때로는 약간의 눈물이
행복의 조건으로 다가온다

한바탕 울고 나면 몸과 마음이
상쾌해지는 날이 있다

조금 부족한 행복이
진짜 행복한 삶이 아닐는지

진실된 사랑

사랑은 진실을 말하는 거라고
세상은 가르치지만

아픈 사랑을 안 아픈 척
괜찮은 척하는 사랑을 본다

서로 상처를 내색하지 않고
고통이 없는 척하는 사랑

내가 참아내는 세월만큼
사랑도 진심이 통하는 세상이다

사랑싸움

때로는 오해가 끼어드는
보고 싶은 그리움

등을 돌려도 마음의 등을
돌린 것은 아닌데

참 어려운 게
사랑이란 이름이다

좋아하면
가끔은 싸운다

그리움

보고 싶은 얼굴
그리움이라 적는다

사무치면 불가능한 소원도
이루어진다는데

그만큼 절박함도
따라온다

가을은 죄가 없다

가을이 오기 전에
떠난 사람

무더운 더위 핑계로
가지 않아 다행이다

잘 익은 과일이
고독을 알기 전에

달빛에게 떠밀려버린
바람이다

울화통

당연히 내 편을
들어줘야 하는데

반대편에 서서
내게 고통을 준다

이럴 수는 없는데
아무런 할 말이 없다

원인 제공자도 나고
피해자도 나지만

어쩔 수 없이 흐르는
세월의 아픔이다

심장이 울분에
찢어지는 순간이다

밀회

점차 만나는
약속 장소가

그녀의 거주지와
가까워진다

부담스러워
하는 것을

눈치채지 못한
쓸데없는 배려다

부부싸움

좋아하면
가끔은 싸운다

보고 싶은 사랑도
때로는 오해가 끼어든다

등을 돌려도 마음의 등을
돌린 것은 아닌데

참 어려운 게
사랑이란 이름이다

부부싸움은
칼로 물 베기란다

사랑은 이별

보고픔도
그리움도
현실의 벽에 막혀
우려 반에 걱정을 동반하다

만날 때마다
이별의 편지를 가지고 나간다
그녀도 가슴 한편에는
몰래 숨기고 나왔겠지

험난 파도와
싸우는 인연
축복이면서
아픔이다

마음이 반응하고
몸도 반가워하는
불륜도
사랑이다

찾아온 슬픔

사랑했기 때문에
이별을 한다

왕년의 톱스타가
만들어낸 멋진 말인 줄 알았다

헤어진 후 찾아온
절실한 아픔

사랑이란 이름으로
추억이 울고 있다

사랑했나 봐
후회하는 아픈 사랑을

사랑이란

미안함으로
다가오는 당신

추운 겨울 철새를
보듬어주는 도래지

그대 숨결 느끼고
싶어 남고 싶다

사랑이란
그런 것이다

떠날 시기를
놓친다…

반가운 소리

투병 중에 들리는
곤히 잠들은
아내의 코 고는 소리

체크하던 간호사 미소는
내게 평안을 선사하는
고마운 선물이다

관계

사랑했던 부부도
이혼하면서 원수가 된다

우애가 좋았던 형제가
유산상속을 둘러싸고 싸운다

시간마다 웃고
떠들던 친구 사이도

질투와 시기심으로
서로가 미워하는 사이가 된다

님,
놈,

마음먹기 달린 일이라 하지만
쉽지 않은 삶이다

참 예뻐

앞에 있는 예쁜 장미를 보며
말했습니다

그런데 얼굴이 붉어지네요
바로 옆에 있는

당신에게 하는 말이라는 것을
들켜버렸어요

아픈 선택

영원한 이별은
선택이 아니라
차가운 눈물이다

스스로의 운명을
힘들게 선택했지만
남은 자도 처절한 아픔이다

물망초 꽃을
한 아름 안겨주고 떠난
미워할 수 없는 당신

공허한 메아리
'나를 잊지 마세요'
그 고통 남은 자의 몫인 것을

사랑의 흔적

남아 있는 흔적만으로
향기를 구별하고
또렷이 느끼는 사랑은

부담스러운 실체보다
보고 싶은 감정으로
다가오는 달콤한 체취

유순하고 속닥한 그 심상의 깊이

임솔내(시인·문화칼럼니스트)

심상은 마음속에 그려지는 그림이다. 그 그림을 표현해 내는 언어가 시어이고, 그 시어로 그림을 그리는 사람을 우리는 통상 시인詩人이라고 한다.

또 글을 읽는 이에게 감각적인 인상을 불러일으켜 시詩적 상황을 시각, 청각, 후각, 미각, 촉각의 감각을 통해 독자가 생생하게 풍부한 정서를 느낄 수 있게 본인의 심상을 그려낸다면 천하에 참 잘된 일이리라. 하지만 시의 특성상 몇 개의 시어로 오감을 동원하는 일이 그리 수월하기야 하겠는가.

그래도 시를 만지작거리는 사람들은 오감의 공감각적 심상을 추구하고 갈망한다.

은근히 위트 있는 직언을 잘하는 페친이기도 한 박종학 시인께서 두 번째 시집이라며 뭉근히 원고 뭉치를 들이밀었을 때, 중국집 밖에는 비가 내리고 있었고 발문이라는 숙제 아닌 숙제가 내게 무겁게 얹혔다.

수 년 전 홍대 앞 테이크파이브에서 "푸른 시 울림"이라는 기골찬 낭송회가 절정을 향해 내닫고 있을 때 낭송 대신 주머니 속 하모니카를 꺼내 연주를 멋들어지게 보여주었던 조용하고 겸손한 첫 모습의 시인을 잊지 못한다.

두 번째 시집이라고는 하지만 이미 과작만 내는 시인이라 시력은 창창한 시인인데도 면구하게 나는 박종학 시인의 시 세계는 처음이라 많이 궁금했고 시의 행간을 깊숙이 오래도록 읽어야 했다.

여섯 묶음으로 나뉜 이 시집의 소제목들은 모두 '~시선으로', 참 특이한 일관성을 띠고 있다. 삶, 신앙, 세월, 시인, 인연, 사랑의 시선으로라는 현생을 살면서 겪고 부딪치고 인고할 수밖에 없는 묵직한 소재들을 담았다. 그런데 오히려 그 숲을 들고 보면 참 경쾌하고 상큼하게 육중함을 일거에 제거하는 시들이며 차분하고 따뜻한 삶에 대한 응답들이다.

드넓은 수평선에 시선을 두면 우리는 한없이 마음이 넓게 펼쳐지고 끝 간 데 없이 확장된다. 뭔지는 몰라도 모든 게 다 용서되고, 이해되고, 만사를 다 넓게 품는다. 시선을 다른 말로 하면 눈길이고 관심이다. 또 시선은 詩의 씨앗이고, 쌀이다.

박종학 시인은 일상의 소소함에서 삶의 진실과 사유와 상상의 공간을 넓히며 관조하는 눈길이 남다르다. 가슴

파 삶을 가르지 않는 일기 같은 시들이 뭉텅뭉텅 내면을
붙잡는다. 때로는 아프게 말이다.

고이 접은 정성을
떨리는 손끝으로
집어넣던 까까머리 중학생

후회하고 후회하다
우체부가 편지를 꺼내 갈 때
도로 찾아 달음박질치던 순수함

첫사랑은 수줍음 끝에 찾아와
결국 이루어질 수 없는
소중한 추억으로 끝났다

빨간 우체통이
함박눈이 내리는 밤새
내 연서를 읽어보지 않았을까

"별이 빛나는 밤" 음악 프로에
익명으로 고백 엽서를 수없이
보내고 스스로 만족했던

얼굴 붉히던 아련함

이제는 어디로 가버린지도

모르는 애틋한 순수함

- 「비밀」전문

생의 첫사랑을 이렇게 예쁘고 곱게 두근거리게 표현한
시가 또 있을까. 고백 편지를 부치지도 못하고 되찾아 와
서도 혹여 빨간 우체통이 밤새 읽지나 않았을까 고민하
는 순수함, 그 애틋함과 진솔함은 「아버지」라는 시로 가
족과 육친의 절절함을 이어간다.

밤늦게 들어오신 아버지

혼자 얼마나 외로웠을까

아버지의 슬픔이

어느 틈에 내게 다가온다

그 아픔을 받지 않기 위해

노력하고 감추고 인내한다

미리 보여준 신 당신의 상처

되새김질을 하는 내 삶을 본다

숨어서 홀린 아버지의 눈물

아들을 위해 내가 흘린다

- 「아버지」 전문

시인은 끈끈한 효성도 남다르게 참 곡진하다.

「오일장」이라는 작품을 보면 아버지의 손을 잡고 소고
기국밥으로 배를 호강시켰다고 한다. 오일장의 추억이 지
금은 사무치는 그리움으로만 남았다. 아프지만 기억에
남아 애리는 부정에 물들어 있다.

아버지 정을

붙잡는 날

읍내 오일장

기다리던 소고기국밥으로

배가 호강했던 추억

쥐어준 용돈으로 장터를 누빈다

원숭이 묘기를 보기 위해

맨 앞쪽 약장수 앞에 쪼그려 앉은

어릴 적 모습이 가끔은 그립다

눈과 귀와 입까지 행복했던

오일장의 추억

따라다니는 그리움이다

- 「오일장」 전문

「슬픈 기도」라는 시인의 착한 기도는 기도발이 천지 고루고루 퍼져 후미진 곳, 외로운 곳, 쓸쓸한 곳까지 날아가 위안의 씨앗이 된다. 향기가 된다.

막걸리로 허기를 달래는
서울역 노숙자를 위한 기도

아픈 할머니와 같이 사는
초등학교 계집아이를 위한 기도

산불로 낙심하여 울고 있는
강원도 주민을 위한 기도

그 기도를 하는 손길이
오늘따라 더욱 아름답다

십자가 앞에서 염원하는
응답받고 싶은 슬픈 기도

- 「슬픈 기도」 전문

한때 시인은 쓰러져 생사 갈림길에 섰을 때가 있었다. 표현할 수 없는 고통과 사경을 헤매다 불굴의 정신력으로 되살아 온 그는 그 후 삶부터는 덤이라 여길 것이다.

이미 죽음 공부를 했기 때문에 삶도 신앙도 더욱 웅숭 깊어져 이 작품을 일궈내지 않았을까.

외롭고 쓸쓸한 어둠
깊은 골짜기 눈물 속으로
주님이 찾아오셨네

혼미한 가운데도
정신줄 놓지 않게
내 이름 불러주시네

어두운 중환자실
찾아오신 주님으로
심령이 눈을 뜹니다

- 「어둠 속 주님」 전문

세상의 모든 것이 멈춰진 듯 일상이 뭉툭 잘려 나가버린 펜데믹 시대에 절박한 알바의 내면이 사장보다도 더 애타는 현실을 유심히도 바라본 듯 짧은 순간에 현실 풍

경, 또 가파른 현실이 마음 짠하다.

언제 올지 모를 손님을 위하여
쇼윈도를 닦고 닦는다

장사가 안되는 게 내 탓인 양
사장이 있을 때는 더욱 창을 닦는다

투명한 햇살과 함께
손님이 들어선다

표정이 화사해진 사장 얼굴
내 얼굴 긴장도 풀어진다

- 「알바」 전문

사유의 유연성이 충만한 시인은 어찌 알았을까. 송홧
가루 분분하게 날리던 어느 봄과 섬진강 물줄기가 두루
옥답을 적시면서 지리산 얼음 녹아 차고 시린 강물처럼
인간사 가장 자연스러운 건 그냥 놔두면 제 갈 길을 간
다는 거, 오만가지의 사람 살이도 그러하다는 걸 마음 무
너질 때 일어서는 법을 알고 있는 듯 박종학의 시 세계는
온유하고 참 수월하다.

절망하지 않고 쉬운 표정으로 묻고 대답한다. 보태고 빼지 않으니 순하다, 안옥하다. 지난한 삶에 곱다시 귀의하는 모습이 값지다. 녹록지 않은 삶을 찰지고 살갑게 빚어내는 박종학 시인, 간략의 내 이 허설이 약간의 풀무가 되었으면 한다.

참하고 눈 밝은 이들에게 띄어 훨훨 그리고 널리 날았으면 하는 바람이다.